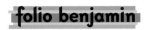

Pour Will

TRADUCTION : KALÉIDOSCOPE

ISBN : 2-07-054873-2
Titre original : *Lilly's Purple Plastic Purse*
Publié pour la première fois par Greenwillow Books,
une division de William Morrow & Cie, Inc., New York
© Kevin Henkes, 1996, pour le texte et les illustrations
© Kaléidoscope, 1998, pour la traduction française

© Éditions Gallimard Jeunesse, 2002,
pour la présente édition
Numéro d'édition : 04673
Loi n° 46-956 du 16 juillet 1949
sur les publications destinées à la jeunesse
Dépôt légal : février 2002
Imprimé en Italie par Editoriale Lloyd
Réalisation Octavo

Kevin Henkes

Lilly adore l'école !

GALLIMARD JEUNESSE

J'ADORE L'ÉCOLE !

Lilly **adorait** l'école.

Elle adorait
les crayons
bien taillés.

Elle adorait
le crissement
de la craie.

Et elle adorait le clic
clac de ses bottes
sur le carrelage
étincelant
des couloirs.

RIEN QU'À MOI!

Lilly avait un bureau
pour elle toute seule
et elle adorait ça.

AVEC UNE PAILLE, TOUT EST MEILLEUR!

Elle adorait
le poisson pané
et le lait chocolaté
du vendredi
à la cantine.

POUR TOI!

Et par-dessus tout,
elle adorait
son maître,
monsieur Smart.

Monsieur Smart était un homme plein d'esprit.
Il portait des chemises d'un goût exquis,
des lunettes retenues par une chaîne
autour du cou et, chaque jour, une cravate
de couleur différente.

– Wouah ! disait Lilly.
Elle ne trouvait pas d'autre mot.
« Wouah ! »

Au lieu de dire : « Je vous
souhaite la bienvenue »
ou « Bonjour les enfants »,
monsieur Smart clignait
de l'œil et disait :
« Salut ! »

La disposition des tables
par rangées le déprimait.
– Et si nous les placions
en demi-cercle ? Qu'en
dites-vous, les petits loups ?

Il proposait chaque jour
la plus délicieuse
des collations –
des tortillons au fromage
fondants et croustillants
à la fois.

– Je serai maîtresse d'école
quand je serai grande,
disait Lilly.
– Et nous maîtres d'école,
disaient ses amis, César,
Grégoire et Victor.

À la maison, Lilly faisait mine d'être monsieur Smart.
– Je suis le maître, disait-elle à son petit frère Jules.
Écoute bien.
Lilly exigea même d'avoir sa propre encyclopédie
illustrée.

– Qu'arrive-t-il à Lilly ? se demandait sa mère.
– Je croyais qu'elle voulait devenir chirurgienne
ou ambulancière ou diva, s'étonnait son père.
– Ce doit être à cause de son nouveau maître,
monsieur Smart, disait sa mère.
– Wouah ! disait son père.
Il ne trouvait pas d'autre mot. « Wouah ! »

Dès que les écoliers avaient un peu de temps libre,
ils pouvaient aller au Labo des lumières, au fond
de la classe. Ils donnaient là libre cours à leur
créativité à travers le dessin et l'écriture.
Lilly s'y rendait souvent. Elle avait *beaucoup* d'idées.
Elle faisait des dessins de monsieur Smart.
Et aussi, elle écrivait des histoires sur lui.
À la fin de la journée, Lilly montrait ses œuvres
à toute la classe.
– Wouah ! disait monsieur Smart.
Il ne trouvait pas d'autre mot. « Wouah ! »

Quand monsieur Smart
surveillait le ramassage
scolaire, Lilly se glissait
dans la file, et pourtant,
elle ne prenait jamais
le car.

C'est Lilly qui levait
le plus souvent
la main (même quand
elle ne connaissait
pas la réponse).

Et elle se portait
toujours volontaire
pour essuyer
le tableau après
la classe.

– Je voudrais être maîtresse
d'école quand je serai
grande, disait Lilly.
– Excellente décision,
approuvait monsieur Smart.

Un lundi matin, Lilly arriva à l'école d'une humeur
particulièrement joyeuse. Elle était allée faire
des courses avec sa mamie durant le week-end.
Elle arborait des lunettes de star avec des diamants
qui scintillaient et une chaîne comme celle
de monsieur Smart.
Elle avait trois pièces de un franc rutilantes.
Et surtout, surtout, elle avait un sac à main
tout neuf qui laissait échapper un petit air enjoué
quand on l'ouvrait.

Lilly voulut le montrer à tout le monde.
– Pas maintenant, dit monsieur Smart.
Écoute plutôt l'histoire.
Lilly avait du mal à écouter.

CHUT –

Lilly voulait *vraiment* le montrer.
– Pas maintenant, répéta monsieur
Smart. Nous sommes dans
une salle de classe.

Lilly avait du mal
à être dans une
salle de classe.

Lilly voulait *vraiment, vraiment* le montrer.
– Pas maintenant, répéta encore
monsieur Smart. Attends l'heure
de la récréation.
Mais Lilly ne pouvait
pas attendre.

ÇA VA MAL
SE TERMINER.

FROMAGES
GRUYÈRE
CHEDDAR
CAMEMBERT
PROVOLONE

Les lunettes scintillaient
si joliment. Les pièces
de monnaie étaient
si rutilantes. Le petit sac
jouait une si jolie musique,
sans compter qu'il était
parfait pour ranger
les fournitures.

– Regardez, chuchotait
obstinément Lilly.
Mais regardez donc
ce que j'ai eu.
Tout le monde regarda,
même monsieur Smart.
Il n'apprécia pas du tout.

– Je vais garder ces affaires sur
mon bureau jusqu'à la fin de
la journée, dit monsieur Smart.
Elles seront en lieu sûr
et tu pourras les ramener
chez toi après l'école.

Lilly sentit sa gorge se nouer.
Elle eut envie de pleurer.
Plus de lunettes.
Plus de pièces.
Plus de sac à main violet.
Toute la matinée, Lilly pensa
à son sac. Elle était si triste
qu'elle ne toucha même
pas aux tortillons.

Cet après-midi là, Lilly se rendit au Labo
des lumières. Elle était encore très triste.
Elle réfléchissait et réfléchissait et réfléchissait.
Et puis elle sentit la colère monter.
Elle réfléchit et réfléchit et réfléchit encore
un peu. Et elle devint furieuse. Elle réfléchit
et réfléchit et réfléchit encore un peu plus.
Et elle fit un portrait de monsieur Smart.

Et juste avant la dernière sonnerie, Lilly glissa
son dessin dans la sacoche de monsieur Smart.

Quand tous les élèves furent habillés, boutonnés
et fin prêts à rentrer chez eux, monsieur Smart
s'avança vers Lilly et lui rendit son sac à main violet.
– C'est un magnifique sac, dit monsieur Smart.
Et tes pièces sont superbes !
Et tes lunettes sont tout simplement splendides.
Tu peux les rapporter à l'école à condition
que cela ne perturbe pas la classe.
– Je ne veux pas être maîtresse d'école
plus tard, marmonna Lilly
en sortant.

Sur le chemin du retour, Lilly ouvrit son sac.
Ses lunettes et ses pièces étaient bien à l'intérieur.
Il y avait aussi un petit mot de monsieur Smart
qui disait :
La journée a été difficile aujourd'hui,
elle sera meilleure demain.
Et au fond du sac, Lilly trouva un paquet
de tortillons au fromage.

Lilly sentit sa gorge se nouer.
Elle eut envie de pleurer.
Elle se sentit affreusement mal.

Lilly courut jusque chez elle et raconta toute
l'histoire à ses parents.

Au lieu de regarder son dessin animé préféré,
Lilly décida de se mettre en pénitence.

SI JE RESTE ICI UN MILLION D'ANNÉES, M. SMART ME PARDONNERA.

POURQUOI EST-CE QUE ÇA TOMBE TOUJOURS SUR MOI ?

MILLE CINQUANTE ET UN, MILLE CINQUANTE DEUX, MILLE CINQUANTE NEUF

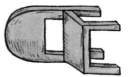

Ce soir-là, Lilly fit un nouveau dessin
de monsieur Smart, et elle écrivit
une histoire sur lui.

La maman de Lilly écrivit une lettre.
Le papa de Lilly fit de délicieux petits biscuits.
– Je pense que monsieur Smart comprendra,
dit la maman de Lilly.
– J'en suis persuadé, ajouta le papa de Lilly.

Le matin suivant, Lilly arriva un peu plus tôt
à l'école.
– C'est pour vous, dit Lilly à monsieur Smart.
Parce que je suis vraiment, vraiment, vraiment, vraiment, vraiment, vraiment, vraiment, vraiment, vraiment, vraiment, vraiment, vraiment, vraiment, vraiment, vraiment désolée.

Monsieur Smart
lut l'histoire.

Puis il regarda le dessin.

Et il lut la lettre.

QUE
DIT
LA LETTRE ?

Et il goûta aux biscuits.

MIAM
MIAM

– Wouah ! dit monsieur Smart.
Il ne trouvait pas d'autre mot.
« Wouah ! »

– Que devons-nous faire de cela, à ton avis ?
demanda monsieur Smart.

– On pourrait peut-être le jeter ? proposa Lilly.

– Excellente idée, dit monsieur Smart.

Juste avant la récréation, Lilly exposa à ses amis
les précieux avantages de son sac violet, de ses pièces
de monnaie et de ses lunettes de star.

Elle improvisa même un petit spectacle
avec tous ces accessoires.
– Cela s'appelle une Transposition
Chorégraphique, expliqua Lilly.
Monsieur Smart se mit lui aussi à danser.
– Wouah ! fit la classe tout entière.
Elle ne trouvait pas d'autre mot.
« Wouah ! »

Lilly rangea ensuite bien sagement dans
son bureau son sac, ses pièces et ses lunettes.
Elle les admirait souvent, mais toujours
discrètement, sans perturber la classe.

Juste avant la dernière sonnerie, monsieur Smart
proposa aux enfants les croquignoles de Lilly.
– Qu'aimeriez-vous faire plus tard ? demanda
monsieur Smart.
– Maître d'école, maîtresse d'école, répondirent
en chœur les enfants.
La voix de Lilly dominait toutes les autres.
– Excellente décision, dit monsieur Smart.

Puis les élèves sortirent en file indienne. Lilly serrait son sac à main violet contre son cœur. Monsieur Smart avait raison.
La journée avait *vraiment* été meilleure.

En revenant de l'école, Lilly courait, dansait,
sautillait, elle semblait prête à s'envoler
tant elle était heureuse.
Et elle voulait *absolument* devenir maîtresse d'école
plus tard –

ou bien alors danseuse, ou chirurgienne,
ou ambulancière, ou diva, ou pilote,
ou coiffeuse, ou scaphandrier…